ARKAN

L'ÉCUME DU DIABLE

TEXTE DE TARVEL DESSINS DE AIDANS

Mise en couleur : CHAGNAUD

VAISSEAU D'ARGENT

8, rue Biot, 75017 PARIS - TÉL. (1) 45 22 97 32

Dépôt légal : Juillet 1990
ISBN 2-87757-017-5

Achevé d'imprimer en Belgique en juin 1990 par PROOST FLEURUS S.A. - B 6220 Fleurus.

KRAAK
J'AI ENVIE DE FAIRE PIPI !
TOUT À L'HEURE, MA CHÉRIE. LÀ... LA ROUTE EST TROP ÉTROITE, ON NE PEUT PAS S'ARRÊTER ICI...
ILS NE GAGNENT PAS DE TERRAIN, MAIS N'EN PERDENT PAS NON PLUS !
TU ES VRAIMENT SÛR QU'ILS NOUS EN VEULENT ? ON SE FAIT PEUT-ÊTRE DES IDÉES. CE NE SONT PEUT-ÊTRE QUE DES MAUVAIS PLAISANTS...
ÇA FAIT PLUSIEURS DIZAINES DE KILOMÈTRES QUE ÇA DURE. ET PUIS, TU AS VU LEUR MINE ? SANS PARLER QU'ILS SONT ARMÉS...
E.D. 1

MICHEL, LA CARAVANE TANGUE TERRIBLEMENT! SI ON CONTINUE À CETTE ALLURE, ON VA FINIR DANS LE DÉCOR!
JE N'AI PAS LE CHOIX!
J'AI MAL AU COEUR.
PATIENCE, LES ENFANTS. NOUS ALLONS BIEN FINIR PAR ATTEINDRE UNE ROUTE PLUS FRÉQUENTÉE, ET, LÀ, TOUT RENTRERA DANS L'ORDRE...
Y AURA UN MARCHAND DE GLACES, SUR LA ROUTE PLUS "FREZENTÉE"?
JE SUIS MORTE DE TROUILLE, MICHEL... TU CROIS QU'IL S'AGIT DE DÉTROUSSEURS DE TOURISTES OU DE QUELQUE CHOSE DE CE GENRE?...
CELA SE POURRAIT. LES JOURNAUX ONT PARLÉ DE ÇA DURANT TOUT L'ÉTÉ!
ILS SE RAPPROCHENT! ON DIRAIT DES FOUS... ILS GESTICULENT ET CHANTENT JE NE SAIS QUOI...
997
C'EST VOTRE PEAU QU'ON VEUT!
POUR SE FAIRE DES PALETOTS!
ELLE NOUS RENDRA HEUREUX!
ET NOUS AURONS BIEN CHAUD!
MICHEL! LA CARAVANE!!
E.D.2

HÉ! HÉ! LES PORTEURS DE SHORTS N'ONT PAS SU PRENDRE CORRECTEMENT LEUR VIRAGE !...
C'EST TANT PIS POUR EUX, PAS VRAI, BÉBERT ?
ON EST CUITS !! REMONTEZ BIEN LES VITRES! VERROUILLEZ LES PORTIÈRES !
J'AI PEUR, M'MAN ! ET PUIS JE CROIS QUE J'AI FAIT PIPI...
ON EST COMME DANS NOTRE MAISON, DANS LA VOITURE. TU N'AS PAS À AVOIR PEUR. QUAND TOUT SERA FINI, NOUS TROUVERONS UN MARCHAND DE GLACES, JE TE LE PROMETS...
VOUS VOYEZ ÇA, LES GARS ? UNE BOÎTE DE SHORTEUX QU'IL N'Y A PLUS QU'À OUVRIR...
SÛR QUE ÇA NE VA PAS ÊTRE BIEN COMPLIQUÉ !
ILS SONT ÉPOUVANTABLES!! ON DIRAIT QU'ILS ONT LA PESTE! REGARDE LEUR PEAU...
C'EST COMME UNE MYCOSE, UNE MOISISSURE QUI LA RECOUVRE...
C'EST VOTRE PEAU QU'ON VEUT !!...
...POUR SE FAIRE DES PALETOTS !!
IL EST TOUT FRAIS, TOUT ROSE...
AUSSI SOYEUX QU'UN PORCELET !
MICHEL NON !!

OUMPH
...TIENNENT PAS LE CHOC, CES GUIGNOLS DE LA VILLE! DE VRAIES MAUVIETTES...
SA PEAU EST POUR MOI!
HÉ! IL ÉTAIT CONVENU QUE C'ÉTAIT MON TOUR!...
J'EN VEUX UNE PARTIE! EN TOUT CAS, JUSTE DE QUOI ME RAFISTOLER LA GUEULE!...
LA GONZESSE ET LES MIOCHES! ILS METTENT LES BOUTS!!...
AÏE! MA CHEVILLE!!
M'MAN!
CONTINUEZ, LES ENFANTS! NE VOUS OCCUPEZ PAS DE MOI!...
MAIS, M'MAN...
CONTINUEZ, JE VOUS DIS!
JE SUIS PERDUE!...
A-DANS-TARVEL.89.
E.D 4

ALORS, MA POULETTE, T'AS CASSÉ UN DE TES TALONS AIGUILLES, OU QUOI ?
T'ES MIGNONNE COMME TOUT ! ON AURAIT PU S'AMUSER UN BRIN AVEC TOI. SEULEMENT, TU COMPRENDS, ON EST SALEMENT MALADES ET ON RISQUE D'Y LAISSER LA PEAU SI ON NE S'ACCAPARE PAS VITE FAIT DE LA TIENNE !
PITIÉ, JE...
T'AS ABÎMÉ SA BELLE PEAU AVEC TA FOURCHE ! UN VRAI GÂCHIS !
HHAAAHAAAAAA
MAMAN !?
JE SUIS FATIGUÉE, ROMAIN...
BAH, ON VA ESSAYER DE FAIRE MIEUX AVEC LES GOSSES...
PAULINE !? QUE FAIS-TU ?...
J'AI PERDU MA POUPÉE...
LES MÉCHANTS HOMMES ARRIVENT ! REVIENS ICI TOUT DE SUITE !...
CE NE SERAIT PAS ÇA QUE TU VIENDRAIS CHERCHER, PETITE ?...
NE TOUCHEZ PAS À MA SOEUR, SINON !...
ADANG. TARIEL 88
E.D 5.

J'AI L'IMPRESSION QUE NOUS ARRIVONS JUSTE À TEMPS POUR TIRER CES MALHEUREUX GOSSES DES GRIFFES DES CROQUE-MITAINES !...
VRRRR
LE COLOSSE EN SALOPETTE ME RAPPELLE UN ADJUDANT QUE JE NE POUVAIS PAS SENTIR !
SI JE COMPRENDS BIEN, JE VAIS EN AVOIR DEUX POUR LE PRIX D'UN...
LES TROIS NE SONT PAS UNE AFFAIRE, DE TOUTE FAÇON !
TU VOIS, LOLOTTE, C'EST COMME À LA TÉLÉ...
TU M'EXCUSERAS SI JE TE FAIS ATTENDRE !
J'AI L'HABITUDE !
JE CROIS QU'ILS ONT LEUR COMPTE...
JE NE SAIS PAS CE QUI LEUR EST ARRIVÉ, MAIS ILS ONT UNE DRÔLE DE BOBINE !
BON SANG ! QUI C'EST, CEUX-LÀ ?

WOOOOF
HÉ! C'EST QUE CE NE SONT PAS DES PYROMANES POUR RIRE !!...
WHOOOOF
CE N'EST PAS APRÈS NOUS QU'ILS EN ONT ...
ENCORE HEUREUX !
MAIS..! ILS SONT TOUT BONNEMENT EN TRAIN D'EXTERMINER CES TYPES !!
C'EST AFFREUX !!
VOUS ALLEZ M'EXPLIQUER CE QUE TOUT CELA SIGNIFIE, SAULNOIS ! ET SUR-LE-CHAMP !
JE VOUS PRIE DE CONTRÔLER VOS MOUVEMENTS D'HUMEUR, ARKAN. JE SUIS L'ÉMISSAIRE DU COLONEL RECK, LE GRAND PATRON DU PENTACLE, NE L'OUBLIEZ PAS.
CESSEZ VOS SIMAGRÉES ET METTEZ-MOI AU PARFUM !
QU'EST-CE QUI LUI PREND, À VOTRE NABOT ? IL VOUS PASSE AU DÉSINFECTANT, À PRÉSENT ?
PRÉCAUTION ÉLÉMENTAIRE... ET SACHEZ UNE FOIS POUR TOUTES QUE ZOLTAN EST UN SECRÉTAIRE PARTICULIER IRRÉPROCHABLE !
PSCHHH

PRÉCAUTION ÉLÉMENTAIRE, AVEZ-VOUS DIT, ?
OUI, VOUS AVEZ PORTÉ LES MAINS SUR MES VÊTEMENTS ET CELA, JUSTE APRÈS VOUS ÊTRE COLLETÉ AVEC CES TRISTES INDIVIDUS TACHÉS DE MOISISSURE... LA CONTAGION, VOUS CONNAISSEZ?
VOUS...VOUS VOULEZ DIRE QU'ILS SONT CONTAGIEUX?
BIEN PLUS QUE VOUS NE POUVEZ L'IMAGINER!
JE SERAIS DONC CONTAMINÉ... ET MAUD ÉGALEMENT!?
TOUT JUSTE! ET VOUS OUBLIEZ LES ENFANTS...
LES ENFANTS?!
HÉLAS, OUI. N'ONT-ILS PAS, EUX AUSSI, ÉTÉ EN CONTACT AVEC LES PORTEURS DE LA DANGEREUSE MYCOSE?
VOUS AURIEZ PU NOUS METTRE EN GARDE! VOUS ÊTES UN SACRÉ SALAUD, SAULNOIS! JE NE SAIS PAS CE QUI ME RETIENT DE...
ENCORE UNE FOIS, CALMEZ-VOUS, ARKAN.
MON NOM, C'EST BRANNAY! THOMAS BRANNAY!
SEULEMENT, AU PENTACLE, OÙ VOUS ÊTES UN DE NOS MEILLEURS AGENTS AVEC VOTRE AMIE MAUD VALANJOUR, ON NE VOUS CONNAÎT QUE SOUS LE NOM DE CODE D'ARKAN!
RASSUREZ-VOUS, EN PARTIE TOUT AU MOINS, CAR NOUS POSSÉDONS L'ANTIDOTE DE LA MOISISSURE BLEUE. LE VOICI...
CETTE VILAINE GELÉE TRANSLUCIDE? ...TOUT PEUT S'ARRANGER, ALORS?
CE N'EST PAS AUSSI SIMPLE. CETTE QUANTITÉ D'ANTIDOTE EST UNIQUE, ET NOUS N'EN CONNAISSONS PAS LA FORMULE...
AIDANS-TARVEL 89
E B 8.

DE SURCROÎT, LE PRÉCIEUX CONTENU DE CE FLACON NE PEUT PROTÉGER QUE DEUX ORGANISMES DURANT VINGT-QUATRE HEURES !
FAITES-EN BÉNÉFICIER LES GOSSES SANS TARDER, DANS CE CAS.
CELA NE NOUS AVANCERAIT PAS À GRAND-CHOSE ! CE QU'IL FAUT, C'EST RÉCUPÉRER LA FORMULE.
AH BON ! PARCE QU'ELLE EXISTE, MALGRÉ TOUT ?
VOUS M'EXCUSEREZ SI JE M'ASSOIS. J'AI DES PROBLÈMES DE CIRCULATION, LA STATION DEBOUT M'EST PARFOIS PÉNIBLE...
FAITES, JE VOUS EN PRIE.
CE QUE JE VOUDRAIS SAVOIR, ENTRE AUTRES, C'EST POURQUOI VOUS AVEZ CYNIQUEMENT FAIT CRAMER CES TYPES À COUPS DE LANCE-FLAMMES !
ILS ONT FRANCHI LES LIMITES D'UN CORDON SANITAIRE À LEURS RISQUES ET PÉRILS. C'ÉTAIENT DE DANGEREUX CRIMINELS, DES SORTES DE FOUS FURIEUX. DANS LE VAIN ESPOIR DE VENIR À BOUT DE LEUR MYCOSE, ILS DÉCOUPAIENT LA PEAU DE LEURS VICTIMES POUR PRATIQUER SUR EUX DES GREFFES EMPIRIQUES...
AIDANS. TARVEL. 89.
LES PARENTS DES ENFANTS...
EN EFFET. DEUX ÉCORCHEURS S'ACHARNAIENT DESSUS QUAND UNE PATROUILLE EST INTERVENUE POUR METTRE FIN À LEUR IGNOBLE BESOGNE. C'EST LE CAPITAINE RIGER, ICI PRÉSENT, QUI VIENT DE ME METTRE AU COURANT.
LE CORDON SANITAIRE, IL ENTOURE QUOI ?
... UN PETIT VILLAGE ET SES ENVIRONS. IL EST SITUÉ À QUELQUES DIZAINES DE KILOMÈTRES D'ICI. C'EST LÀ QUE S'EST PRODUIT... L'ACCIDENT.
QUEL GENRE D'ACCIDENT ?
APPELONS CELA UNE "FUITE" DE VÉGÉTATION CRYPTOGAMIQUE... UNE ERREUR DE MANIPULATION DANS UN LABORATOIRE SITUÉ À MOINS DE DEUX KILOMÈTRES DE MAUBOURG, C'EST LE NOM DU VILLAGE EN QUESTION.

UN LABORATOIRE OÙ S'EFFECTUENT DES RECHERCHES SECRÈTES SUR LES ARMES BACTÉRIOLOGIQUES ET AUTRES SALOPERIES DU MÊME GENRE, C'EST ÇA, HEIN ?
ON NE PEUT RIEN VOUS CACHER.
TOI AUSSI, TU VAS À L'ÉCOLE DES GRANDS, À LA RENTRÉE ?
?
LA MOISISSURE BLEUE APPARTIENT À UNE ESPÈCE MUTANTE MAL MAÎTRISÉE. ELLE S'EST DÉVELOPPÉE À UNE VITESSE STUPÉFIANTE, SUBMERGEANT LITTÉRALEMENT MAUBOURG ET SES MALHEUREUX HABITANTS. LE VILLAGE EST PRATIQUEMENT ENSEVELI SOUS LA VÉGÉTATION CRYPTOGAMIQUE, ET PERSONNE NE SAIT QUELLES ÉPOUVANTABLES PROPORTIONS CELA RISQUE DE PRENDRE DANS LES JOURS À VENIR...
MAIS LE PENTACLE EST LÀ, PAS VRAI ? SERVICE ULTRA-SECRET INTERNATIONAL CHARGÉ DE FAIRE FACE AUX SITUATIONS EMBARRASSANTES ENGENDRÉES PAR DES PHÉNOMÈNES INCONNUS, OU PAR CERTAINES DÉVIANCES DE LA SCIENCE !
CE N'EST PAS LE MOMENT DE FAIRE DU MAUVAIS ESPRIT.
LA FORMULE DE L'ANTIDOTE EST ENTRE LES MAINS DU PROFESSEUR FRONSAC, BIOCHIMISTE TRAVAILLANT POUR LE LABORATOIRE INCRIMINÉ. IL POSSÈDE UNE PROPRIÉTÉ À MAUBOURG ET, COMME LES AUTRES HABITANTS DU VILLAGE, SE TROUVE PRISONNIER DE LA CHAPE DE MOISISSURE.
IL EST PROBABLEMENT CONTAMINÉ ET, TOUT COMME DE NOMBREUSES VICTIMES DE LA PESTE BLEUE, IL EST ÉGALEMENT POSSIBLE QU'IL NE JOUISSE PLUS DE TOUTES SES FACULTÉS MENTALES... SI C'EST LE CAS, ESPÉRONS QU'IL AURA PRIS LA PRÉCAUTION D'ENFERMER LA FORMULE DANS SON COFFRE-FORT !
VOUS N'AVEZ PAS ESSAYÉ DE LE JOINDRE AU TÉLÉPHONE ?
TOUS LES MOYENS DE COMMUNICATION ONT ÉTÉ INTERROMPUS. LA ZONE CONTAMINÉE EST STRICTEMENT ISOLÉE DU RESTE DE LA RÉGION PAR UN DÉPLOIEMENT DE FORCES MILITAIRES. L'ÉVÉNEMENT DOIT ÊTRE TENU SECRET AUTANT QU'IL EST POSSIBLE...
SI JE COMPRENDS BIEN, NOTRE MISSION VA CONSISTER À ALLER RÉCUPÉRER LE FICHU DOCUMENT ?
EXACT. VOUS DISPOSEREZ DE LA DOSE D'ANTIDOTE EN NOTRE POSSESSION POUR CE FAIRE, ET DES VINGT-QUATRE HEURES QUE DURE SON EFFICACITÉ...
ADAMS. TARVEL 89.
E D. 10

IL FAUT QUE NOUS PARVENIONS À SAUVER TOUS CES GENS ET CES PAUVRES GOSSES !
NOUS FERONS TOUT NOTRE POSSIBLE. SEULEMENT, POUR LES HABITANTS DU VILLAGE CONTAMINÉ, J'AI BIEN PEUR QU'IL SOIT DÉJÀ TROP TARD...
CETTE GELÉE EST DÉGOÛTANTE ! ENCORE HEUREUX QU'ELLE NE SOIT PAS GRASSE.
UN CAFÉ FORT PAYÉ PAR LE PENTACLE ! ET PUIS, QUELQUES AMPHÉTAMINES SI BESOIN EST... C'EST QU'IL VA PEUT-ÊTRE VOUS FALLOIR TENIR VINGT-QUATRE HEURES...
VOUS AURIEZ PU FRAPPER AVANT D'ENTRER, ZOLTAN !
TOUTES MES EXCUSES, MADEMOISELLE VALANJOUR.
CE NAIN EST VICELARD COMME C'EST PAS POSSIBLE !
ON NE PEUT PAS TROP LUI EN VOULOIR. SANS DOUTE A-T-IL TENU À RELUQUER UNE DERNIÈRE FOIS TA SUPERBE ANATOMIE AVANT QU'ELLE NE SOIT RAVAGÉE PAR LA MOISISSURE !
ET SI C'ÉTAIT **TOI** QU'IL ÉTAIT VENU RELUQUER ?
LA NUIT VENUE...
NOUS ARRIVONS.
TOUT SEMBLE PAISIBLE...
NE VOUS Y FIEZ PAS.

VOUS AVEZ LES TALKIES-WALKIES POUR NOUS APPELER EN CAS DE GROS PÉPIN, ET ILS VOUS PERMETTRONT DE RESTER EN CONTACT ENTRE VOUS SI VOUS ÊTES AMENÉS À VOUS SÉPARER.
POURQUOI L'ARMÉE ET LES SERVICES SANITAIRES N'OCCUPENT-ILS PAS CARRÉMENT LE VILLAGE ?...
ÇA DÉCLENCHERAIT UNE BAGARRE GÉNÉRALE. ET PUIS, NOUS NE SOMMES PAS CERTAINS DE LA TOTALE EFFICACITÉ DE NOS MOYENS DE PROTECTION...
ET LA GELÉE, L'ANTIDOTE, IL EST RÉELLEMENT EFFICACE, LUI ?
IL A DONNÉ DES RÉSULTATS POSITIFS EN EXPÉRIMENTATION ANIMALE, C'EST TOUT CE QUE JE PEUX VOUS DIRE...
BONNE CHANCE !
MAUBOUR
ADANS - TARVEL . 89.
LA MOISISSURE...
OUI. ET PLUS ON AVANCE, PIRE C'EST !
ON PATAUGE DEDANS ! À PRÉSENT, ÇA SENT LE CHAMPIGNON POURRI, C'EST ÉCOEURANT !
ELLE S'AGRIPPE AU MUR COMME DU LIERRE.
F. D. 12

MON DIEU ! C'EST ÉPOUVANTABLE !
CAFÉ DU FOIRAIL
ET PERSONNE DANS LES RUES, PAS UN CHAT !
TU TE TROMPES !
CE MATOU SEMBLE EN PARFAITE SANTÉ. LES ANIMAUX SERAIENT-ILS ÉPARGNÉS PAR CETTE COCHONNERIE ?
KSSSSSS
?
LA MYCOSE S'EST INTRODUITE À L'INTÉRIEUR DE SON ORGANISME !
ON A L'AIR FINS, NOUS, ALORS, AVEC NOTRE ANTIDOTE SOUS FORME DE CRÈME DERMIQUE !
SAULNOIS AURAIT PU AU MOINS NOUS PROCURER DES MASQUES À GAZ !
ESPÉRONS QU'IL SAIT CE QU'IL FAIT. L'ANTIDOTE DOIT PÉNÉTRER PROFONDÉMENT À TRAVERS NOTRE ÉPIDERME ET AGIR BIEN AU-DELÀ !
MOUAIS !

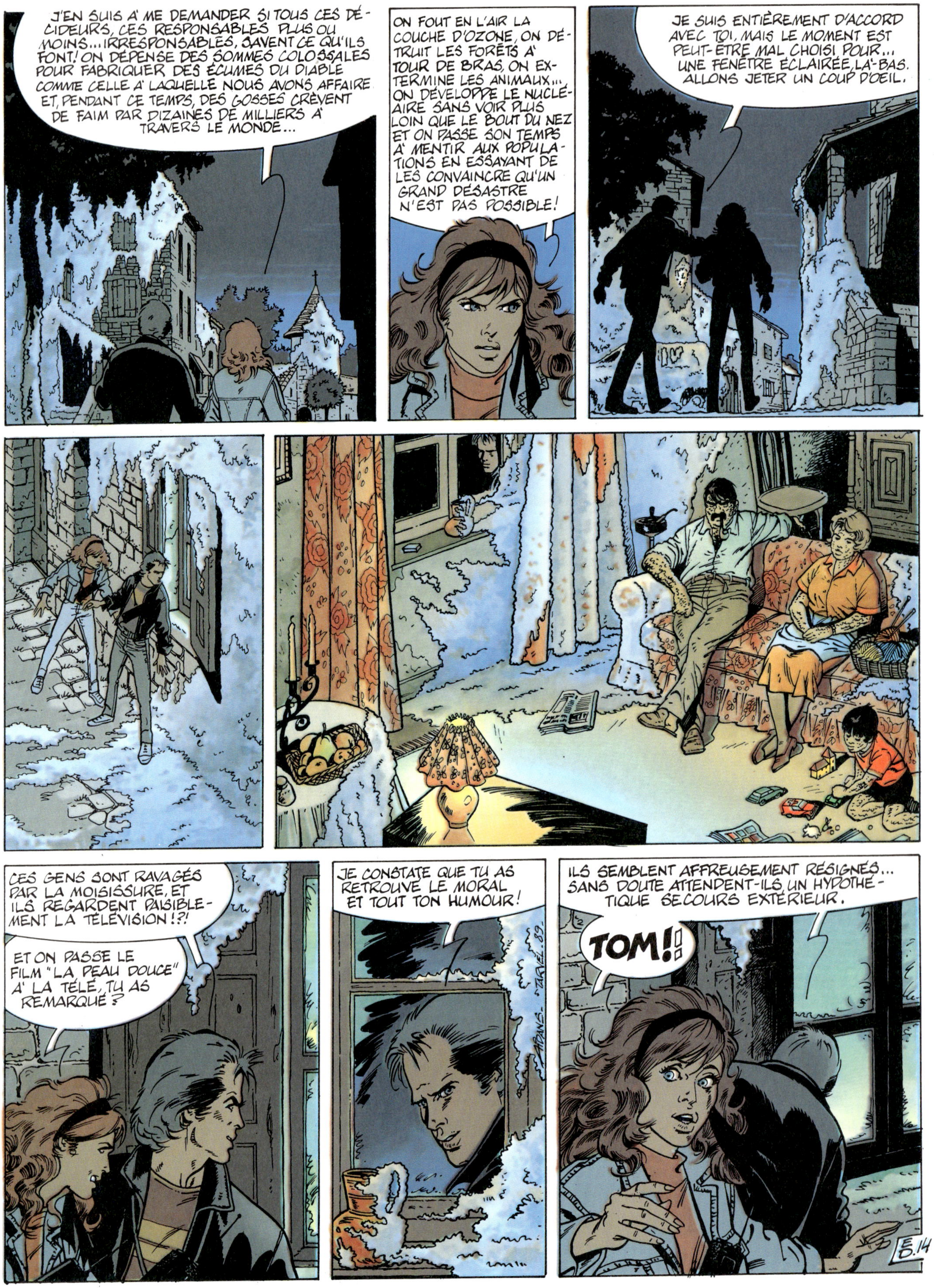
J'EN SUIS À ME DEMANDER SI TOUS CES DÉCIDEURS, CES RESPONSABLES PLUS OU MOINS... IRRESPONSABLES, SAVENT CE QU'ILS FONT! ON DÉPENSE DES SOMMES COLOSSALES POUR FABRIQUER DES ÉCUMES DU DIABLE COMME CELLE À LAQUELLE NOUS AVONS AFFAIRE ET, PENDANT CE TEMPS, DES GOSSES CRÈVENT DE FAIM PAR DIZAINES DE MILLIERS À TRAVERS LE MONDE...
ON FOUT EN L'AIR LA COUCHE D'OZONE, ON DÉTRUIT LES FORÊTS À TOUR DE BRAS, ON EXTERMINE LES ANIMAUX... ON DÉVELOPPE LE NUCLÉAIRE SANS VOIR PLUS LOIN QUE LE BOUT DU NEZ ET ON PASSE SON TEMPS À MENTIR AUX POPULATIONS EN ESSAYANT DE LES CONVAINCRE QU'UN GRAND DÉSASTRE N'EST PAS POSSIBLE!
JE SUIS ENTIÈREMENT D'ACCORD AVEC TOI, MAIS LE MOMENT EST PEUT-ÊTRE MAL CHOISI POUR... UNE FENÊTRE ÉCLAIRÉE, LÀ-BAS. ALLONS JETER UN COUP D'OEIL.
CES GENS SONT RAVAGÉS PAR LA MOISISSURE, ET ILS REGARDENT PAISIBLEMENT LA TÉLÉVISION!?!
ET ON PASSE LE FILM "LA PEAU DOUCE" À LA TÉLÉ, TU AS REMARQUÉ?
JE CONSTATE QUE TU AS RETROUVÉ LE MORAL ET TOUT TON HUMOUR!
ADAMS - TARVEL 89
ILS SEMBLENT AFFREUSEMENT RÉSIGNÉS... SANS DOUTE ATTENDENT-ILS UN HYPOTHÉTIQUE SECOURS EXTÉRIEUR.
TOM!!
E.D.14

AU MOINDRE GESTE SUSPECT, ON VOUS TRUFFE DE PLOMBS!
DONNEZ-NOUS CES MACHINS! ET SI VOUS POSSÉDEZ DES ARMES, VOUS FERIEZ BIEN DE NOUS LES CONFIER ÉGALEMENT...
C'EST QUOI, ÇA, DANS VOTRE POCHE?
ABANS-TARVEL 89.
UN PLAN DU VILLAGE, HEIN? VOUS ÊTES DEUX DE CES SATANÉS PILLARDS QUI RÔDAILLENT DANS MAUBOURG!
ET VOUS-MÊMES, QUI ÊTES-VOUS?
NOUS TRAQUONS LES VOLEURS DE PEAUX, LES ÉCORCHEURS, ET, À L'OCCASION, LES SALES PILLARDS DANS VOTRE GENRE!...
VOUS VOUS TROMPEZ! NOUS NE SOMMES PAS DES PILLARDS! NOUS VENONS POUR VOUS AIDER.
À D'AUTRES!!
DES MEMBRES DE LA MILICE CONSTITUÉE PAR LE MAIRE.
ALLEZ! ASSEZ TERGIVERSÉ, EN ROUTE!
E D-15.

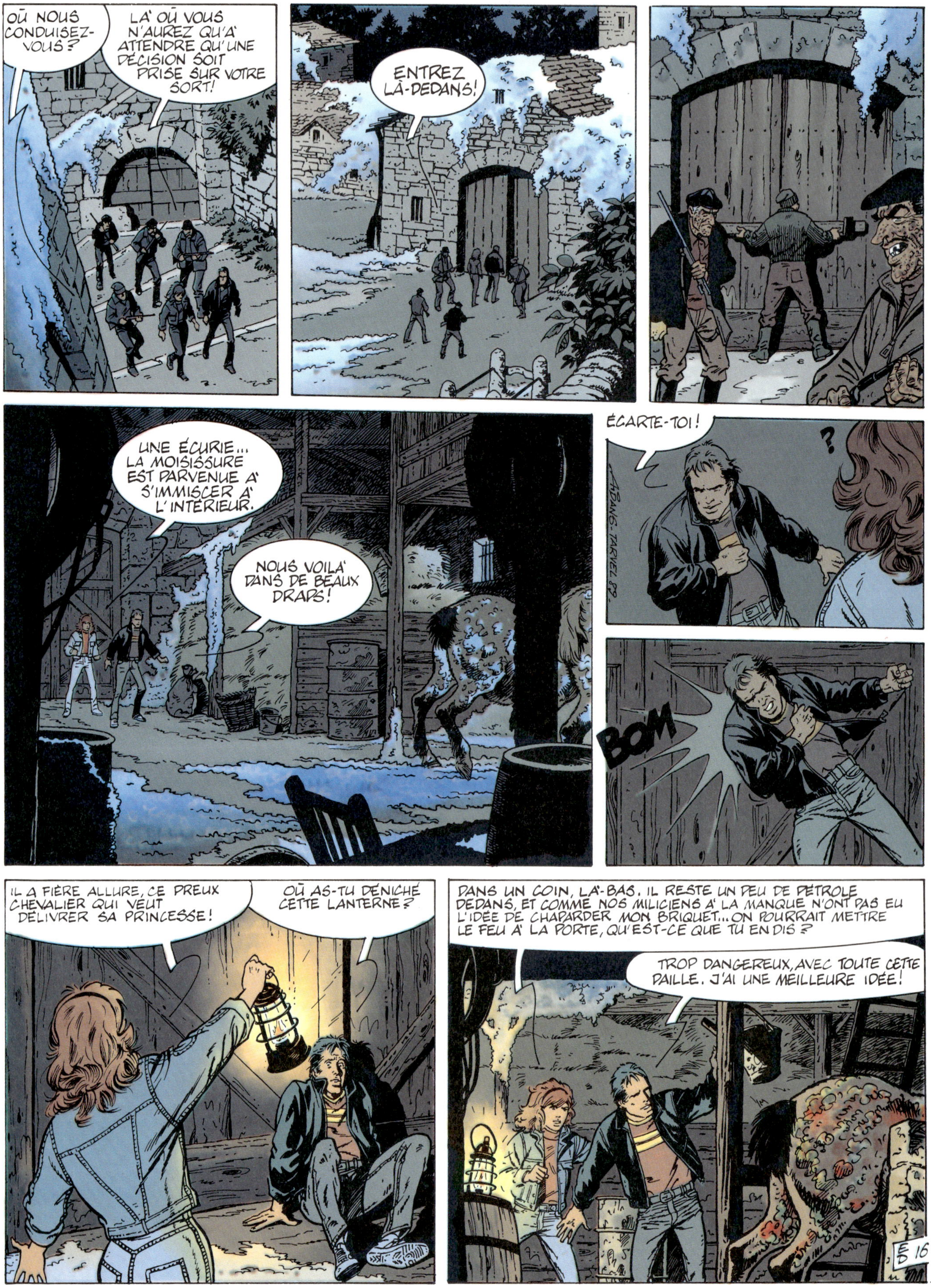
OÙ NOUS CONDUISEZ-VOUS ?
LÀ OÙ VOUS N'AUREZ QU'À ATTENDRE QU'UNE DÉCISION SOIT PRISE SUR VOTRE SORT!
ENTREZ LÀ-DEDANS!
UNE ÉCURIE... LA MOISISSURE EST PARVENUE À S'IMMISCER À L'INTÉRIEUR.
NOUS VOILÀ DANS DE BEAUX DRAPS!
ÉCARTE-TOI!
?
BOM
IL A FIÈRE ALLURE, CE PREUX CHEVALIER QUI VEUT DÉLIVRER SA PRINCESSE!
OÙ AS-TU DÉNICHÉ CETTE LANTERNE ?
DANS UN COIN, LÀ-BAS. IL RESTE UN PEU DE PÉTROLE DEDANS, ET COMME NOS MILICIENS À LA MANQUE N'ONT PAS EU L'IDÉE DE CHAPARDER MON BRIQUET... ON POURRAIT METTRE LE FEU À LA PORTE, QU'EST-CE QUE TU EN DIS ?
TROP DANGEREUX, AVEC TOUTE CETTE PAILLE. J'AI UNE MEILLEURE IDÉE!

QUE VEUX-TU FAIRE ?
DÉTACHER UN DE CES MALHEUREUX CHEVAUX.
ILS SONT ANORMALEMENT AGITÉS. CE N'EST PAS PRUDENT DE...
LA PRUDENCE, DANS NOTRE MÉTIER, TU SAIS...
LES PAUVRES SONT DANS UN PIÈTRE ÉTAT...
ATTENTION!
LÂCHE-LE! TU VAS RECEVOIR UNE RUADE!!
A. BANS - TARVEL 90.
KRRAAK
ET VOILÀ! LE TOUR EST JOUÉ!
OUI, MAIS... POUR LA DISCRÉTION! LES MILICIENS RISQUENT DE RAPPLIQUER...
BONNE RAISON POUR FILER AU PLUS VITE!
NOUS N'AVONS PLUS D'ARMES, PLUS DE TALKIES-WALKIES NI DE PLAN DU VILLAGE...
MAUBOURG N'EST PAS SI GRAND... ON FINIRA BIEN PAR DÉNICHER LA VILLA DU PROFESSEUR FRONSAC.
LES MILICIENS!!
E.D. 17

DONG DONG DONG
DÉJÀ MINUIT! NOUS AVONS PERDU UN TEMPS FOU!
C'EST DE PIS EN PIS! ON DIRAIT QUE LA MOISISSURE S'ACCROÎT DE MINUTE EN MINUTE. SI ÇA CONTINUE, ON NE POURRA BIENTÔT PLUS AVANCER.
NOUS AVONS UNE MEUTE À NOS TROUSSES À PRÉSENT!!
ALORS, LES TOURISTES? ON S'EST VITE LASSÉS DE LA VISITE D'UNE DE NOS PLUS BELLES ÉCURIES? VOUS FALLAIT UN GUIDE, PEUT-ÊTRE?
HÉ! QU'EST-CE QUE TU FABRIQUES?
JE TÂTE LE TERRAIN, ÇA NE SE VOIT PAS?
J'Y... J'Y VOIS PLUS RIEN!!
C'ÉTAIT FAIT POUR!
ON EST PRIS ENTRE DEUX FEUX!

PRENONS CETTE RUELLE!
ICI! C'EST OUVERT! ON POURRAIT PEUT-ÊTRE...
ADANS - TARVEL. 90.
TOM? QU'EST-CE QUE TU ATTENDS? VIENS!
DOCTEU
GÉNÉRAL
CONSULTAT
DE 8h. à 1
DE 14h. à
AAAAH!
LE TOUBIB DU VILLAGE... LE MALHEUREUX A PROBABLEMENT ÉTÉ LYNCHÉ. ON N'A PAS DÛ SUPPORTER SON INCOMPÉTENCE FACE À LA PESTE BLEUE...
IL ÉTAIT LUI-MÊME ATTEINT PAR LA MYCOSE. IL S'EST PEUT-ÊTRE TOUT SIMPLEMENT SUICIDÉ!
J'VOUS DIS QUE J'LES AI VUS ENTRER CHEZ LE TOUBIB!
BEN, VA Y JETER UN COUP D'OEIL!
IL DOIT BIEN Y AVOIR UN MOYEN DE SORTIR PAR L'AUTRE CÔTÉ DE LA MAISON...
LA MOISISSURE FAIT DES RAVAGES À L'INTÉRIEUR COMME À L'EXTÉRIEUR.

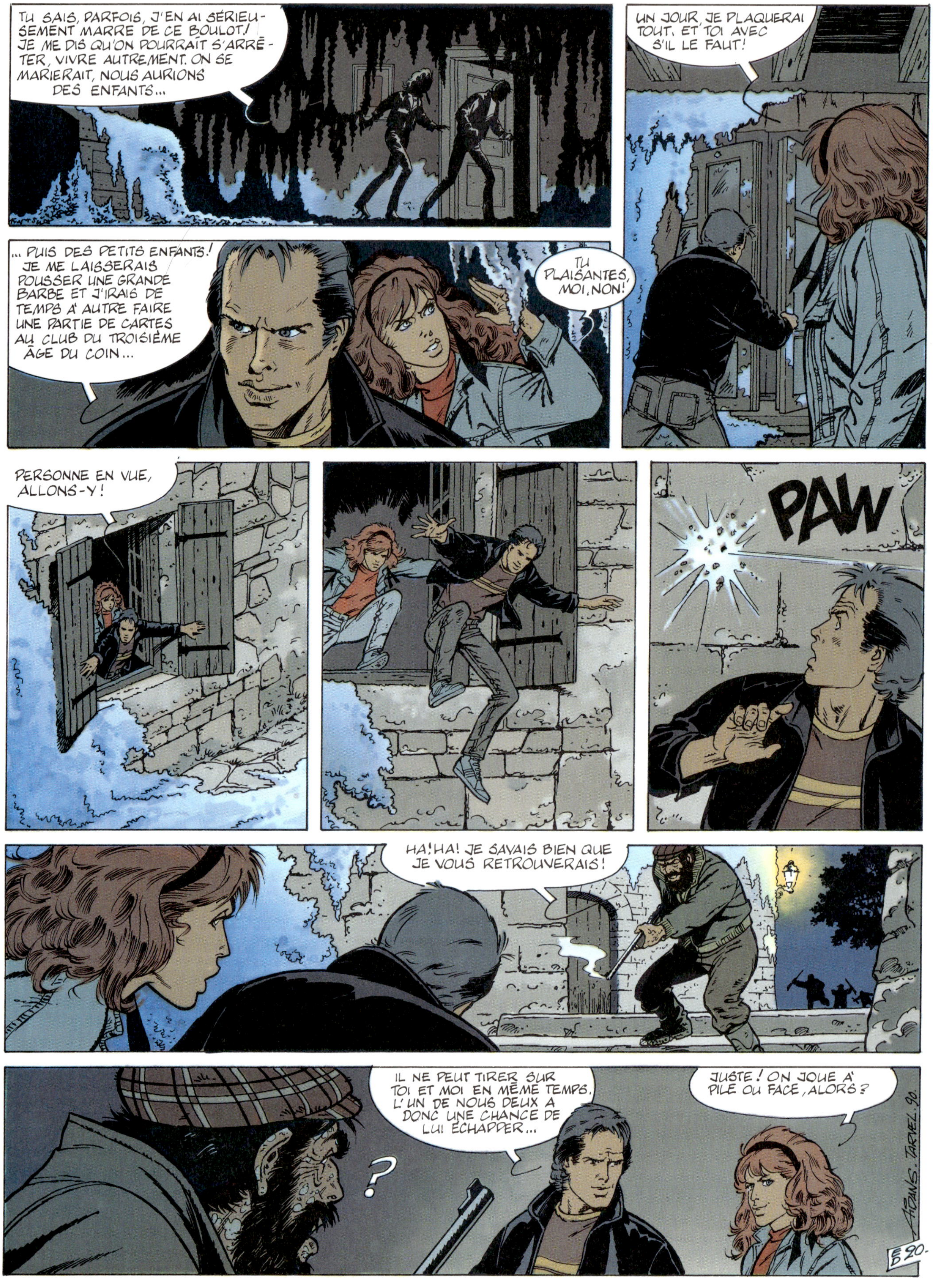
TU SAIS, PARFOIS, J'EN AI SÉRIEUSEMENT MARRE DE CE BOULOT! JE ME DIS QU'ON POURRAIT S'ARRÊTER, VIVRE AUTREMENT. ON SE MARIERAIT, NOUS AURIONS DES ENFANTS...
UN JOUR, JE PLAQUERAI TOUT, ET TOI AVEC S'IL LE FAUT!
... PUIS DES PETITS ENFANTS! JE ME LAISSERAIS POUSSER UNE GRANDE BARBE ET J'IRAIS DE TEMPS À AUTRE FAIRE UNE PARTIE DE CARTES AU CLUB DU TROISIÈME ÂGE DU COIN...
TU PLAISANTES, MOI, NON!
PERSONNE EN VUE, ALLONS-Y!
PAW
HA! HA! JE SAVAIS BIEN QUE JE VOUS RETROUVERAIS!
?
IL NE PEUT TIRER SUR TOI ET MOI EN MÊME TEMPS. L'UN DE NOUS DEUX A DONC UNE CHANCE DE LUI ÉCHAPPER...
JUSTE! ON JOUE À PILE OU FACE, ALORS?
ADAMS. TARVEL. 90.

QU'EST-CE QUE TU FOUS, LULU?
TU CROIS QUE C'EST LE MOMENT DE RAMASSER DE LA MENUE MONNAIE?
MAIS... MAIS... ILS ÉTAIENT LÀ! JE LES TENAIS À MA MERCI!...
TU FATIGUES SÉRIEUSEMENT, OUI! TU FERAIS MIEUX D'ALLER FAIRE UN SOMME...
LLE DES FETE
ENTRONS LÀ-DEDANS. LE TEMPS QUE NOS POURSUIVANTS SE LASSENT...
POUR CE QUE ÇA NOUS RÉUSSIT, DE VISITER LES INTÉRIEURS...
ON N'Y VOIT GOUTTE!
PAS QUESTION DE FAIRE DE LA LUMIÈRE, DE TOUTE FAÇON...
JE CROYAIS QU'IL NE FALLAIT PAS ALLUMER!
MAIS... CE N'EST PAS MOI QUI...
OH! TU VOIS CE QUE JE VOIS, TOM?
OUI, MAUD. ON EST TOMBÉS DANS UNE NOUVELLE TRAPPE!!
AIDANS-TARVEL 90.
E.D.21.

APPROCHEZ ! N'AYEZ PAS PEUR ! NE SERIONS-NOUS PAS POUR VOUS DES GENS D'ASSEZ BONNE COMPAGNIE ?
LES ÉCORCHEURS !!
QUAND JE TE LE DISAIS, QUE ÇA NE NOUS RÉUSSISSAIT PAS DE JOUER LES VISITEURS NOCTURNES...
JE LE CONFESSE. JE DEVRAIS PLUS SOUVENT ME FIER À TES INTUITIONS FÉMININES !
VOUS N'AVEZ RIEN À CRAINDRE DES MILICIENS, ICI. ILS NE SE RISQUERAIENT POUR RIEN AU MONDE À VENIR SE JOINDRE À NOTRE JOYEUSE ASSEMBLÉE.
ET PUIS, VOUS AVEZ REMARQUÉ, TOUT EST PROPRE, AUCUNE TRACE DE MOISISSURE. NOUS AVONS À COEUR DE FAIRE EN SORTE QUE NOTRE LOCAL RESTE IMPECCABLE.
HÉ, HÉ ! JOLI GRAIN DE PEAU.
BAS LES PATTES, LE COUTURÉ !
QU'EN DITES-VOUS, VOUS AUTRES ?
SÛR QUE SA PEAU REMPLACERAIT AVANTAGEUSEMENT BIEN DES TACHES DE MOISISSURES !
MAIS QUI VA EN BÉNÉFICIER ? LÀ EST LE PROBLÈME
ADAMS-TARVEL-90-
E.D.92.

NOUS SOMMES VENUS À MAUBOURG POUR PRENDRE CONTACT AVEC LE PROFESSEUR FRONSAC. CE SAVANT DÉTIENT LA FORMULE DE L'ANTIDOTE DE LA MYCOSE QUI AFFLIGE LE VILLAGE ! LAISSEZ-NOUS AGIR, NOUS POUVONS VOUS SAUVER !
FAITES TAIRE CETTE PÉRONNELLE !
JE VOUS INTERDIS DE... !
RESTE DONC À DÉCIDER QUI MÉRITE UNE PEAU AUSSI DÉLICATE QUE CELLE-CI...
CONFIE-LA-MOI, BAZOU. J'EN DÉCOUPERAI UN MORCEAU POUR CHACUN D'ENTRE NOUS...
QUE DIRIEZ-VOUS D'UN PETIT CONCOURS ? L'ÉPIDERME DE LA DONZELLE EN SERAIT L'ENJEU...
UN CONCOURS DE TIR... ET TU VAS Y PARTICIPER, TOI, LE CAÏD DE PACOTILLE. SI TU GAGNES, JE TE RENDS PEAU-DE-PÊCHE ET JE VOUS ACCORDE CINQ MINUTES POUR DÉCAMPER !
POUR LA CIBLE, PAS DE PROBLÈME. NOUS AVONS NOTRE MAIRE, L'INCOMPÉTENCE PERSONNIFIÉE.
CELUI QUI LE DESCENDRA LE PLUS PROPREMENT POSSIBLE, SANS TROP ENDOMMAGER SA PEAU DE GORET, SERA DÉCLARÉ VAINQUEUR. POUR CELA, SEULE SOLUTION : UNE BALLE DANS LA TÊTE, JUSTE AU MILIEU DU FRONT !
E.23

NE COMPTEZ PAS SUR MOI POUR...
TU N'AS PAS LE CHOIX !
C'EST UNE 22 LONG RIFLE. IL N'Y A QU'UNE SEULE BALLE A' TA DISPOSITION. TU N'AS DONC PAS LE DROIT A' L'ERREUR.
JE NE TE CROIS PAS ASSEZ IDIOT POUR ME TIRER DESSUS...
IL FAUT QU'IL COMPRENNE QUE TU N'HÉSITERAS PAS A' LUI LOGER UNE BALLE DANS LA TÊTE S'IL NE NOUS FAIT PAS LIBÉRER SUR LE CHAMP !
JE NE SUIS PAS D'UN NATUREL TIMIDE, MAIS IL Y A DES LIMITES...
LA GARCE ! ELLE A RÉUSSI A' EXPULSER LE MOUCHOIR !
NE TE LAISSE PAS INTIMIDER, TOM !!
ADAMS - TARVEL 90.
E.D. 24.

VOILÀ QUI EST RAISONNABLE! J'AIME LES BONS PERDANTS. ET PUIS, SAIT-ON JAMAIS, AVEC UN PEU D'ADRESSE...
QUI VA SE MESURER À NOTRE BUFFALO BILL?
MOI, BAZOU!
CE SERA UN PLAISIR D'EN-VOYER AD PATRES CE MAUDIT MAIRE, POUR SÛR!
VOUS NE POUVEZ PAS FAIRE ÇA. JE SUIS VOTRE ÉLU... LE CONSEIL MUNICIPAL A VOTÉ À L'UNANIMITÉ L'IMPLANTATION DU LABORATOIRE ET...ET...
ASSEZ PERDU DE TEMPS! VOUS AVEZ TOUS LES TROIS UNE 22 LONG RIFLE, LES CHANCES SONT DONC ÉGALES...
COMME NOUS SOMMES DES GENS COURTOIS, JE PROPOSE QUE NOTRE INVITÉ NOUS FASSE AP-PRÉCIER LE PREMIER SES TALENTS DE TIREUR!
TOM! TU NE VAS PAS...?
AIDANS-TARVEL 90.

HÉ? QU'EST-CE QUI TE PREND?
PAW
KLAK
TCHHHHFFF
LE COMPTEUR ÉLECTRIQUE! IL A BOUSILLÉ LE COMPTEUR ÉLECTRIQUE!!
NE LES LAISSEZ SURTOUT PAS FILER!!
MAUD! PAR ICI!
ET MAINTENANT, QUEL EST LE PROGRAMME?
METTRE LE PLUS DE DISTANCE POSSIBLE ENTRE NOUS ET CES CINGLÉS!
J'AVOUE QUE JE ME SENTIRAIS BEAUCOUP PLUS À L'AISE SI TU TE DONNAIS LA PEINE DE DÉSENTRAVER MES POIGNETS!
ILS SONT SUR LE PONT! LÀ-BAS!

CES ROCHES, LÀ! AVEC UN PEU DE CHANCE...
DÈS QUE JE VOIS SAULNOIS, JE LUI DEMANDE UNE AUGMENTATION DE SALAIRE!
ADANS. TARVEZ. 90.
LES MAUDITS! ILS ONT DISPARU!
DU CÔTÉ DE LA RIVIÈRE, PEUT-ÊTRE...
ILS DISAIENT CHERCHER CE BARGE DE FRONSAC! COMME SA VILLA N'EST PAS LOIN, ILS ONT DÛ PRENDRE CETTE DIRECTION...
ALLONS-Y!
PARTIS! OUF! CE N'EST PAS ENCORE CETTE FOIS QUE NOS PEAUX SERVIRONT À LEURS ÉPOUVANTABLES RAVAUDAGES!...
LE JOUR SE LÈVE...
CE N'EST PAS PLUS MAL. POUR PARVENIR CHEZ FRONSAC, IL NE NOUS RESTE PLUS QU'À SUIVRE DISCRÈTEMENT NOS QUATRE ÉCORCHEURS...
E D. 27

ILS ONT RÉUSSI À NOUS GLISSER ENTRE LES DOIGTS.
BAZOU VA ÊTRE FURAX !
ET SI ON JETAIT UN COUP D'OEIL À L'INTÉRIEUR DE LA PROPRIÉTÉ ?
LES DOBERMANS DE FRONSAC SONT DEVENUS PLUS FOUS QUE LEUR MAÎTRE. JE NE TIENS PAS À ME FAIRE ÉGORGER !
ON RETOURNE AU VILLAGE, ALORS ?
C'EST ÇA, ON RETOURNE.
À NOUS DE FAIRE !
TU AS ENTENDU, ILS ONT PARLÉ DE DOBERMANS PAS TRÈS COMMODES...
MA GRAND-MÈRE POSSÉDAIT TROIS CHIHUAHUAS À QUI JE DEVAIS RÉGULIÈREMENT DISPUTER MES GOÛTERS, ALORS J'AI DE L'EXPÉRIENCE !
TU PEUX VENIR ! LA MÉNAGERIE EST TOUT CE QU'IL Y A DE PLUS TRANQUILLE.
JE N'EN SUIS PAS AUSSI CERTAINE QUE TOI...!?

N'APPROCHEZ PAS, SALES BÊTES !
MON DIEU ! TOM !
DU LARGE, LES CLÉBARDS ! VOUS NE M'IMPRESSIONNEZ PAS !
A.SANS-TARVEL 90.
MAIS... TOM ?
QUAND JE TE DISAIS QUE J'AVAIS DE L'EXPÉRIENCE...
VAS-TU M'EXPLIQUER, À LA FIN ?
C'EST TOUT SIMPLE. CES PAUVRES BÊTES N'ONT PLUS DE DENTS, PLUS DE CROCS, RIEN ! UNE DES CONSÉQUENCES DE LA MOISISSURE, SANS AUCUN DOUTE...

INCONTESTABLEMENT, ÇA RAPPORTE, DE FABRIQUER DES COCHONNERIES POUR NUIRE À L'HUMANITÉ!
LA MOISISSURE N'A PAS ÉPARGNÉ L'ENDROIT. ON PEUT DIRE QU'IL Y A UNE JUSTICE...
CE SILENCE NE ME DIT RIEN QUI VAILLE...
MOI, À CETTE HEURE, IL ME RASSURE PLUTÔT.
PAS UN PAS DE PLUS ET LES MAINS EN L'AIR!!
LE SILENCE EST ROMPU. TE VOILÀ TRANQUILLISÉE, JE SUPPOSE?
!
VOUS AVEZ L'AIR DE SALES PETITS FOUINEURS! JE NE PENSE PAS QUE VAVA APPRÉCIERA BEAUCOUP... VAVA!
ALBANS - TARVEL 90-
TU M'AS APPELÉE, MON BIQUET?
AH, JE VOIS... DE VILAINS CURIEUX!... À MOINS QUE, COMME NOUS, ILS NE SOIENT INTÉRESSÉS PAR TOUT CE QUI PEUT ÊTRE GLANÉ À DROITE ET À GAUCHE?
PAN
E.D. 30

DÉSOLÉS DE VOUS DÉCEVOIR, MAIS NOUS NE SOMMES PAS DES PILLARDS. ET SI L'ON PEUT VOUS DONNER UN CONSEIL, C'EST DE FILER EN VITESSE AVANT DE VOUS RETROUVER BOUFFÉS PAR LA MOISISSURE.
N'AIE PAS D'INQUIÉTUDES, MON TRÉSOR. CÔTÉ SANTÉ, COMME TU VOIS, ÇA VA !
VOUS NE VOUS RENDEZ PAS COMPTE...
DIS-MOI PLUTÔT CE QUE VOUS VENEZ FICHER ICI ?...
RENCONTRER LE PROPRIÉTAIRE DES LIEUX. IL A UN DOCUMENT À NOUS REMETTRE, UN DOCUMENT CAPITAL POUR LA SURVIE DE TOUS CES MALHEUREUX ATTEINTS PAR LA MYCOSE.
ILS NE SONT PAS ARMÉS, VAVA.
UN BON POINT POUR EUX. COMME NOUS AVONS TOUJOURS EU LE COEUR SUR LA MAIN, ON VA LES LAISSER VOIR LE VIEUX BARJO SI C'EST LEUR BON PLAISIR...
ÇA CACHE QUOI, CETTE... GÉNÉROSITÉ ?
ON VA VOIR AILLEURS S'IL N'Y A PAS MIEUX À RÉCOLTER QU'ICI. LES RUPINS, C'EST BIEN CONNU, ÇA FOURGUE LEUR MAGOT À LA BANQUE.
CE MASTODONTE ADIPEUX A UNE IDÉE DERRIÈRE LA TÊTE, C'EST SÛR...
J'AI EU TORT DE PARLER D'UN DOCUMENT PRÉCIEUX, CAR TOUT CE QUI POSSÈDE UNE CERTAINE VALEUR NE PEUT QU'ATTISER LA CONVOITISE DE CE TYPE DE CHAROGNARDS !
ED 31
A.BANS_TARIEL 90.

(*) "L'HOMME EST UN LOUP POUR L'HOMME."

HOMO HOMINI LUPUS !
UN OISEAU PARLEUR ! UN MAINATE !!
PROFESSEUR FRONSAC ?
JE... OUI, C'EST MOI... MAIS JE REGRETTE, JE SUIS PRIS PAR CE JARDIN QUI DEMANDE TOUJOURS PLUS D'EAU...
C'EST VOTRE BIBLIOTHÈQUE QUE VOUS ARROSEZ, PROFESSEUR, PAS UN JARDIN !
SI, SI, UN JARDIN ! ET VOYEZ COMME ÇA POUSSE À MERVEILLE !
NOUS SOMMES VENUS CHERCHER LA FORMULE DE L'ANTIDOTE DE LA MYCOSE QUI RAVAGE MAUBOURG ET SES ENVIRONS. LA FORMULE, VOUS VOUS SOUVENEZ ?
LA... LA FORMULE ?

TOM, LE COFFRE !... MAIS LA GROSSE VAVA Y A DÉJÀ FOURRÉ SON VILAIN NEZ !...
CE QU'ELLE CHERCHAIT, C'ÉTAIT DE L'OR, DES BILLETS DE BANQUE, PAS UN DOCUMENT SCIENTIFIQUE AUQUEL ELLE N'AURAIT RIEN COMPRIS...
HOMO HOMINI LUPUS !
CET OISEAU COMMENCE À ME TAPER SUR LES NERFS !
LA FORMULE ! LA VOILÀ ! JE LA TIENS !!
IL NE VOUS RESTE PLUS QU'À LA REMETTRE GENTIMENT À VAVA...
L'IGUANODON ! JE L'AVAIS OUBLIÉ CELUI-LÀ !
DONNEZ-MOI CE DOCUMENT, ET PAS DE CAPRICE, SINON...!
VOUS N'AVEZ PAS LE DROIT !... QUE COMPTEZ-VOUS EN FAIRE ?
EN LE NÉGOCIANT HABILEMENT, JE SUIS SÛRE QUE JE VAIS POUVOIR EN TIRER UNE FORTUNE.
EH BIEN, SI VOUS Y TENEZ TANT, VENEZ LE CHERCHER, VAVA !
HA! HA! CE FRELUQUET CROIT M'IMPRESSIONNER ! TU VEUX T'AMUSER, GAMIN ? O.K. ÇA ME PLAÎT AUSSI... MAIS SACHE QUE J'AI ÉTÉ CATCHEUSE POIDS SUPER-LOURD DANS MON JEUNE TEMPS...
ED.34

N'INTERVENEZ QUE SI JE VOUS EN DONNE L'ORDRE, VOUS AUTRES !
LA FORMULE, JE LA POSE LÀ. ELLE SERA POUR LE VAINQUEUR, O.K. ?
JE VAIS TE RÉDUIRE EN BOUILLIE, TU N'AS PAS À AVOIR DE DOUTES LÀ-DESSUS !
CESSE DE TE VANTER, GROS LARD ! MONTRE-MOI PLUTÔT CE QUE TU SAIS FAIRE !
GROS LARD ?! JE VAIS T'APPRENDRE À RESPECTER LES DAMES, LES VRAIES !
ALORS, TOUJOURS DISPOSÉ À EN DÉCOUDRE AVEC VAVA ?
ON ME SURNOMMAIT "LA CATAPULTE" SUR LE RING...
POUR UNE MÉMÉ SUR LE RETOUR, TU NE TE DÉBROUILLES PAS TROP MAL JE DOIS LE RECONNAÎTRE !
GOUJAT !
E.D.35

ALORS, LA CATAPULTE, ON N'A PLUS DE RESSORT?
SI VOUS NE JETEZ PAS VOS ARMES IMMÉDIATEMENT, JE LUI BRISE LA NUQUE!
FAITES CE QU'IL DIT, NOM DE DIEU!!
MONSIEUR FAIT LE BEAU AU SOMMET DE L'EVEREST, ET À MOI LES BASSES BESOGNES!
À PRÉSENT, HORS DE MA VUE! ET NE VOUS FAITES PAS D'ILLUSIONS, TOUTES LES ROUTES D'ACCÈS SONT COUPÉES, VOUS N'ÉCHAPPEREZ PAS À LA JUSTICE!
TOM, LA FORMULE!
EH BIEN QUOI, LA FORMULE?

LE MAINATE L'A DÉCHIQUETÉE ET IL EST EN TRAIN D'EN AVALER LE DERNIER MORCEAU !
IL EST PEUT-ÊTRE ENCORE TEMPS DE...
EH BIEN BRAVO ! C'EST RÉUSSI !!
ON FAIT QUOI, MAINTENANT ?
IL FAUT À TOUT PRIX LE RÉCUPÉRER !
PEUT-ÊTRE QU'EN LUI TORDANT LE COU ET EN LUI OUVRANT LE VENTRE...
ADAMS-TARIEL 90
TU SAIS MIEUX Y FAIRE AVEC LES MASTODONTES COMME VAVA QU'AVEC LES OISEAUX ! J'AI TOUJOURS PENSÉ QUE TU MANQUAIS DE DÉLICATESSE...
JE L'AI VU ENTRER ICI !
INUTILE DE NOUS FATIGUER, REGARDE !
E.D. 37

TOUS CES EFFORTS POUR RIEN...
IL N'EST PAS CONCEVABLE QUE LE PROFESSEUR N'AIT PAS PRIS LA PRÉCAUTION DE CONSERVER PLUSIEURS EXEMPLAIRES D'UN DOCUMENT DE CETTE IMPORTANCE...
NOUS AVONS FOUILLÉ TOUS LES PAPIERS QUI SE TROUVAIENT DANS LE COFFRE.
À L'INTÉRIEUR D'UN DE CES LIVRES, PEUT-ÊTRE... OU BIEN DANS UNE AUTRE PIÈCE. IL EST ÉGALEMENT POSSIBLE QUE LE DOUBLE DE LA FORMULE - SI DOUBLE IL Y A - AIT ÉTÉ RÉALISÉ SOUS UNE AUTRE FORME QU'UN DOCUMENT ÉCRIT...
EN ATTENDANT, C'EST LUI, L'APPRENTI SORCIER, UN DES RESPONSABLES DU DÉSASTRE, ET IL DORT COMME UN BIENHEUREUX !
COMMENÇONS PAR FEUILLETER TOUS CES BOUQUINS, MAIS IL Y EN A DES MILLIERS...
QUELQUES HEURES PLUS TARD...
J'AI DÉNICHÉ QUELQUES VICTUAILLES QUI N'ONT PAS ENCORE ÉTÉ CONTAMINÉES PAR LA MOISISSURE. UNE BOUTEILLE DE BORDEAUX, AUSSI...
J'EN AI PAR-DESSUS LA TÊTE DE TRIPOTER CES MAUDITS BOUQUINS ! LA PLUPART PARTENT EN CHARPIE...
HOMO HOMINI LUPUS !
LE... LE MAINATE ! IL EST REVENU DANS SA CAGE !

LE SYNDROME DE L'ESCLAVAGE, LE CONDITIONNEMENT... MALHEUREUSEMENT, IL A EU TOUT LE TEMPS DE DIGÉRER LA FORMULE ET DE LA DÉFÉQUER DEUX BONNES DOUZAINES DE FOIS!
LE TEMPS PASSE ET NOUS EN SOMMES AU MÊME POINT QU'AU DÉBUT. DANS QUELQUES HEURES NOUS NE SERONS PLUS IMMUNISÉS CONTRE LA PESTE BLEUE ET IL NOUS FAUDRA QUITTER LA ZONE CONTAMINÉE.
ON NE PEUT TOUT DE MÊME PAS RENTRER BREDOUILLES? PENSE À CES DEUX PAUVRES GOSSES QUE NOUS AVONS LAISSÉS DERRIÈRE NOUS, AUX HABITANTS DE MAUBOURG...
ALLONS FAIRE UN TOUR DEHORS, J'AI BESOIN DE RÉFLÉCHIR...
ON RISQUE DE RETOMBER SUR VAVA AND CO OU SUR LES ÉCORCHEURS...
AVEC ÇA, PAS DE PROBLÈME!
HOMO HOMINI LUPUS!
CURIEUSE IDÉE QU'A EUE FRONSAC D'APPRENDRE CES MOTS À SON OISEAU PARLEUR...
QUAND ON CONSACRE SON EXISTENCE À FABRIQUER DE LA MORT EN CONSERVE, ON NE PEUT GUÈRE AVOIR D'AUTRES SOURCES D'INSPIRATION!
ED 39.
ADAMS-TARVEL. 90-

LA PESTE BLEUE NE SE CONTENTE PAS DE DÉFIGURER ET DE RENDRE FOU : ELLE TUE !
C'EST HORRIBLE...
LA MOISISSURE A ENCORE PROLIFÉRÉ. C'EST UN VÉRITABLE RAZ-DE-MARÉE...
!
MON PETIT... QU'EST-CE QUE JE PEUX FAIRE POUR TOI ?
ON DIRAIT QU'IL VEUT NOUS CONDUIRE QUELQUE PART...
ADAMS. TARIEL. 90.

CES DEUX-LÀ, JE LES RECONNAIS. ILS ÉTAIENT PARMI LES VOLEURS DE PEAUX DE LA SALLE DES FÊTES, À PRÉSENT, ILS NE S'INTÉRESSENT MÊME PAS À NOUS...
LES SURVIVANTS ONT PERDU TOUT ESPOIR...
C'EST TA MAISON?
SES PARENTS DOIVENT ÊTRE RESTÉS LÀ-DEDANS...
J'Y VAIS!
LA VÉGÉTATION CRYPTOGAMIQUE RONGE TOUT. LES MURS EUX-MÊMES SE TRANSFORMENT EN CHOSES MOLLES ET GLUANTES. DANS PEU DE TEMPS, IL NE RESTERA RIEN DU VILLAGE.
À L'AIDE!
LA CAVE! ILS SE SONT RÉFUGIÉS DANS LA CAVE!
AIDANS-TARVEL-90-
ED 41

TENEZ BON, J'ARRIVE !
C'EST ENCORE PIRE ICI... ON SE CROIRAIT DANS LE REPAIRE D'UNE MONSTRUEUSE ARAIGNÉE.
AU SECOURS!
JE N'ARRIVE PLUS A FAIRE UN PAS. C'EST COMME DE LA GLU... IL FAUT QUE JE PARVIENNE A ATTEINDRE CETTE FOURCHE...
ICI !
JE NE PEUX PAS BOUGER. JE SUIS PRISONNIÈRE DE CETTE HORREUR !
E.42
A.DANS. TARVEL.90.

VOUS ÊTES SEULE ?
MON MARI EST LÀ... IL A SUCCOMBÉ...
MON FILS MATHIEU... IL EST PARVENU À ÉCHAPPER À CET ENFER ET...ET...
RASSUREZ-VOUS. IL VOUS ATTEND À L'EXTÉRIEUR.
PIERRE! OH, PIERRE!
ON NE PEUT PLUS RIEN POUR LUI, JE SUIS DÉSOLÉ. VENEZ, IL NE FAUT PAS NOUS ATTARDER ICI...
LA PROLIFÉRATION DE LA MOISISSURE S'ACCÉLÈRE DE PLUS EN PLUS. L'ENTRÉE DE LA CAVE EST MAINTENANT COMPLÈTEMENT OBSTRUÉE.
C'EST DEVENU AUSSI RÉSISTANT QU'UNE MEMBRANE DE CAOUTCHOUC...
MON DIEU, TOUT CELA EST AFFREUX!
CETTE BOUTEILLE VA FAIRE L'AFFAIRE...
MATHIEU!
MAMAN!
E.D. 43.
ADANS-TARIEL. 90.

ÇA VA?
J'AI EU L'IMPRESSION DE ME BALADER À L'INTÉRIEUR D'UN GROS CHEWING-GUM.
C'EST TOI QUI N'AS PAS L'AIR D'ALLER... QUE SE PASSE-T-IL ?
MES MAINS, TOM... REGARDE...
LA MYCOSE!!
SAULNOIS NOUS A MENTI. SON ANTIDOTE, CETTE SALETÉ DE GELÉE DONT ON S'EST ENDUIT LE CORPS, C'ÉTAIT DU BIDON, UN PLACEBO DESTINÉ À NOUS FAIRE FONCER TÊTE BAISSÉE DANS LA POURRITURE QUI DÉVASTE MAUBOURG.
IL CROYAIT QU'ON ALLAIT LUI RAMENER LA FORMULE DU VÉRITABLE REMÈDE...
OUI, MAIS BERNIQUE.
VOUS ÊTES ÉTRANGERS AU VILLAGE, VOUS N'AVEZ PAS ÉTÉ CONTAMINÉS... VOUS ÊTES VENUS POUR NOUS SAUVER, N'EST-CE PAS ?
C'EST ÇA, NOUS ALLONS VOUS SAUVER. CE N'EST QU'UNE QUESTION DE TEMPS...
QU'EST-CE QUI TE PREND À MENTIR À CETTE PAUVRE FEMME? ET PUIS TE VOILÀ TOUT JOYEUX, TOUT À COUP...
ADAMS - TARIEL 90.
E 44 D.

LE MAINATE, MAUD !
QUOI, LE MAINATE ? IL A BOUFFÉ LA FORMULE DEPUIS BELLE LURETTE ET TU AS DIT TOI-MÊME QUE...
RETOURNONS À LA VILLA DU PROFESSEUR FRONSAC SANS PERDRE UN INSTANT !
MAIS QU'ESPÈRES-TU ? RETROUVER LES FIENTES DE L'OISEAU ET EN PERCER LES SECRETS COMME LE FAIT UNE VOYANTE AVEC LE MARC DE CAFÉ ?
JE ME TROMPE PEUT-ÊTRE, MAIS J'AI L'IMPRESSION QUE FRONSAC NE POSSÈDE PAS UN OISEAU PARLEUR POUR LE SIMPLE PLAISIR D'AVOIR DE LA COMPAGNIE.
ON NE VA PAS TARDER À SAVOIR SI J'AI EU UNE BONNE INTUITION OU NON...
PETIT, PETIT... PARLE, MON BEL OISEAU...
HOMO HOMINI LUPUS !
ET VOILÀ, C'EST REPARTI !

JE T'APPRENDS QUE JE SUIS CONTAMINÉE ET, TOI, TOUT CE QUE TU TROUVES À FAIRE, C'EST DE JOUER LES PITRES DEVANT CE STUPIDE VOLATILE!
CE VOLATILE N'EST PEUT-ÊTRE PAS AUSSI IDIOT QUE TU LE SUPPOSES. J'AI LA CONVICTION QU'IL CONNAÎT LA FORMULE DE L'ANTIDOTE, QUE LE PROFESSEUR LA LUI A APPRISE PAR MESURE DE SÉCURITÉ.
C'ÉTAIT DONC ÇA, TON IDÉE! EH BIEN, PERMETS-MOI DE TE DIRE QU'ELLE N'EST PAS FAMEUSE...
QU'EST-CE QUE C'EST QUE ÇA?
UNE CASSETTE EMBALLÉE DANS UN SAC EN PLASTIQUE ÉTANCHE. JE VIENS DE LA TROUVER AU FOND DE L'ARROSOIR.
LA FORMULE! CE NE PEUT ÊTRE QUE LA FORMULE!!
IL Y A UN MAGNÉTOPHONE, LÀ...
REC REW F.F. PLAY STOP PAUS
MOI, ALBERT FRONSAC, DÉSIREUX QUE MON NOM NE RESTE PAS TRISTEMENT CÉLÈBRE DANS LES MÉMOIRES, J'AI CONSACRÉ LES ULTIMES INSTANTS OÙ JE JOUISSAIS ENCORE DE TOUTES MES FACULTÉS PHYSIQUES ET INTELLECTUELLES...
...POUR METTRE AU POINT UN CONTREPOISON AU TERRIBLE FLÉAU DONT JE SUIS LE PRINCIPAL RESPONSABLE...
MON ARROSOIR? QU'AVEZ-VOUS FAIT DE MON ARROSOIR?
PAR ALTÉRATION ARTIFICIELLE DE CERTAINS GÈNES, JE SUIS PARVENU À OBTENIR UNE VÉGÉTATION CRYPTOGAMIQUE ANTAGONISTE DE LA PREMIÈRE QUI...
NOUS AVONS RÉUSSI, TOM! CET AFFREUX CAUCHEMAR VA ENFIN POUVOIR PRENDRE FIN...
LE PROBLÈME, C'EST QUE LE PENTACLE NOUS EN GARDE VRAISEMBLABLEMENT DE BIEN PLUS TERRIBLES EN RÉSERVE...
AIDANS-TARVEL 23.5.90.
ED 46
FIN

3310-